你畫的河流好可愛！
龍
你會錯意了！我是在畫龍。
哼，圖畫我會看走眼，文字可不會！
是嗎？那我考考你。

休
怎麼解釋？
簡單！人靠著樹，表示在休息！
尖
底下大，上面小，當然是尖尖的！
人被框框關起來，是被囚禁的囚犯！
囚
救命啊！
咦？四周都是畫框，那我們不也是囚犯？
喂喂，你又會錯意了！
是！
嘻嘻，遵命！
別鬧啦！我們都在等故事，快到下一頁開始說故事吧！
讀者

國家圖書館出版品預行編目資料

穿越時空追字妖/林世仁作；Asta Wu
（吳雅怡）圖. -- 第一版. -- 臺北市：
親子天下股份有限公司, 2022.08
99面；17*21公分. --（字的傳奇系列 ;4）
注音版
ISBN 978-626-305-247-5(平裝)
863.596　　111008120

字的傳奇 04

穿越時空追字妖

作者｜林世仁
繪者｜ Asta Wu（本名：吳雅怡）

責任編輯｜陳毓書
特約編輯｜廖之瑋
內頁排版｜林晴子
封面設計｜黃育蘋

天下雜誌群創辦人｜殷允芃
董事長兼執行長｜何琦瑜
媒體暨產品事業群
總經理｜游玉雪
副總經理｜林彥傑
總編輯｜林欣靜
行銷總監｜林育菁
副總監｜蔡忠琦
版權主任｜何晨瑋、黃微真

出版者｜親子天下股份有限公司
地址｜台北市 104 建國北路一段 96 號 4 樓
電話｜（02）2509-2800　傳真｜（02）2509-2462
網址｜ www.parenting.com.tw
讀者服務專線｜（02）2662-0332　週一～週五：09:00~17:30
傳真｜（02）2662-6048　客服信箱｜ parenting@cw.com.tw
法律顧問｜台英國際商務法律事務所・羅明通律師
製版印刷｜中原造像股份有限公司
總經銷｜大和圖書有限公司　電話：（02）8990-2588

出版日期｜ 2022 年 8 月 第一版第一次印行
2024 年 8 月 第一版第六次印行
定價｜ 300 元
書號｜ BKKCA012P
ISBN ｜ 978-626-305-247-5（平裝）

訂購服務
親子天下 Shopping ｜ shopping.parenting.com.tw
海外・大量訂購｜ parenting@cw.com.tw
書香花園｜台北市建國北路二段 6 巷 11 號　電話（02）2506-1635
劃撥帳號｜ 50331356　親子天下股份有限公司

字的傳奇 4

穿越時空追字妖

文 林世仁　圖 Asta Wu

親子天下 Education・Parenting Family Lifestyle

目錄

1 消失的文字

我在讀書。

「讀書？難得！」苞苞俠笑我，「你要考試？」

「對啊！」我點點頭。

「真的？」苞苞俠好驚訝，「你這麼厲害還要考試？考什麼？抓妖證照？乘風駕照？還是英語證照？」

「都不是，」我笑一笑，「我是要——考你！」

「哇！」苞苞俠的臉一下子垮下來。

我把書一翻，指著上頭的字，「這是什麼字？」

「哼，又是我看不懂的老祖宗字？」

「對，這是篆書……」

我指著書上的字，那字忽然抖動了一下。「咦，字的偏旁不見了？」

「等一下！」苞苞俠一把搶過書，放在鼻子下嗅了

嗅，「啪！」一聲把它合起來。

「有字妖！」

「怎麼可能？」我指指書，「在裡頭？」

「不，不在書裡。」苞苞俠雙手夾緊書，仔細感應。「但是字妖的魔力已經滲進書裡了！」

「是嗎？」我接回書，快速翻了一下。

果然有字妖！

書上的字在變化：人、木被一隻看不見的手加上框框，變成了囚、困；尖、閒被一口氣吹散，分成了小、大、門、月……

一股陌生的寒意從書底傳上來，我連忙翻到最後一頁。

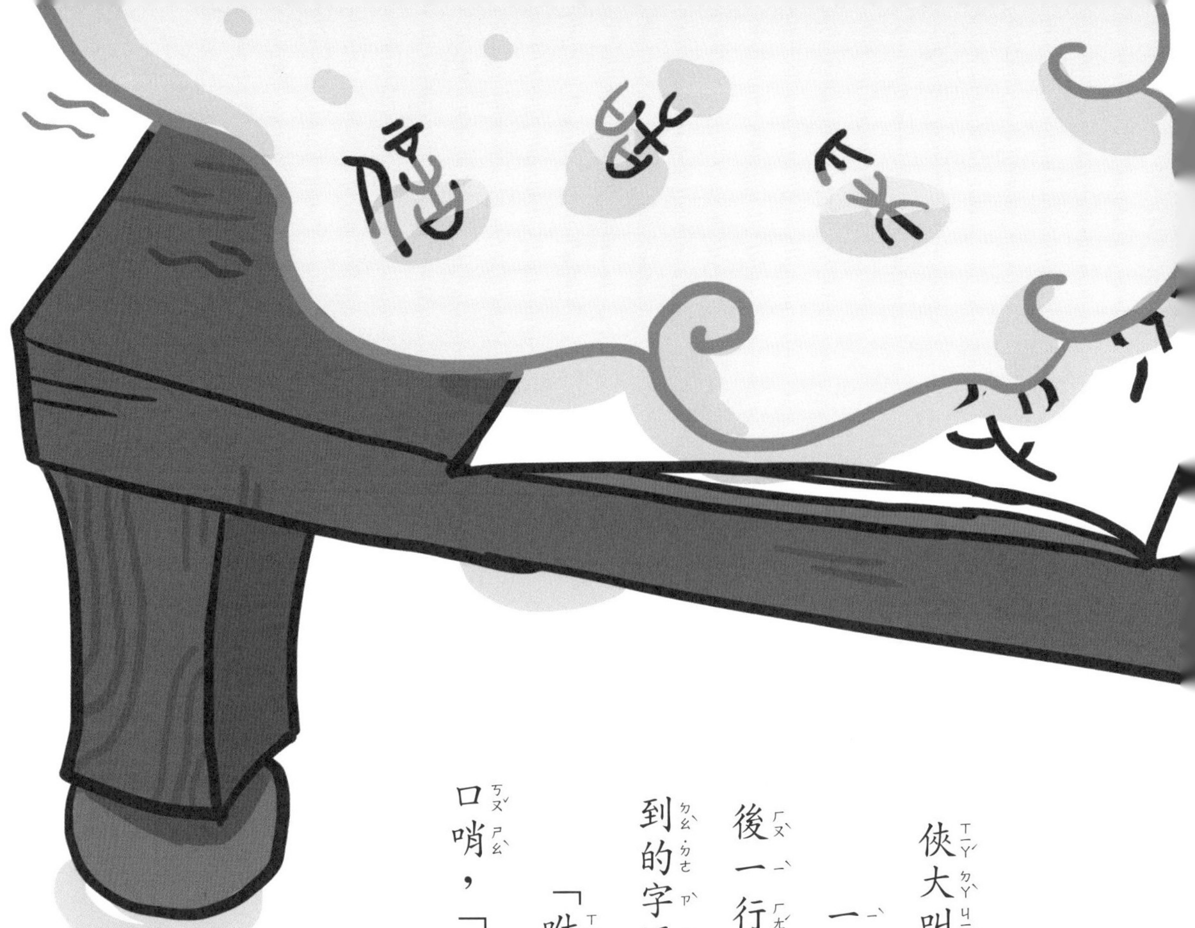

「哇，字在消失！」芭芭俠大叫一聲。

一股看不見的大霧，從最後一行不斷往前蔓延，被霧沾到的字逐一消失……

「咻——咿！」我吹了一聲口哨，「字妖在跟我們下戰帖！」

合上書，我雙手結印，朝書一指：「天地乾坤，字靈現身——定！」

「定住字妖了？」苞苞俠問。

「不，只是暫時封住這本書。」我說：「字妖在時間的另一頭，我們得追過去，抓出他。」

「耶！又要穿越時空？」苞苞俠拍拍手跳起來，「去哪個朝代？」

「這本書寫成的朝代嘍！」我拍拍書的封面。

苞苞俠盯著書名，一字一頓唸出四個大字：「說——文——解——字！」

「對，」我點點頭，「我們要回到這本《說文解字》寫成的朝代——東漢。」

2 奇怪的門

苞苞俠一招手，一縷孫子風跟著爺爺風來到眼前。

「你太小啦，」苞苞俠摸摸孫子風的頭，「等你長大再來喲！」

我坐上爺爺風，讓他嗅嗅《說文解字》。「千年古風，麻煩您了！」

苞苞俠跟著跳上來，
開心唱起歌：
「爺爺風，風爺爺！
一吹千百年，
二吹到東漢，
三吹字妖到眼前！」

咻——爺爺風停在一間老宅院的書房前，我謝謝他，悄悄移近窗邊。

「這是《說文解字》的作者許慎老師的書房，小心，別嚇到他。」我低聲說。

「收到！」芭芭俠點點頭。

書房裡，許慎趴在書桌上，手裡仍握著毛筆。

「哈，大白天，許老師在睡懶覺！」芭芭俠輕聲說。

「不對勁。」我翻窗而進，走近書桌。

苞苞俠也翻身而入，「怎麼啦？」

「他不是打瞌睡。」我的手掌在許慎的後背探了探。

「被點穴了？」苞苞俠問。

「不，」我皺起眉頭，「是心神被偷走了！」

「哇，哪個字妖這麼大膽？」苞苞俠生氣的說：「敢偷走人的心神？」

我看著許慎左手壓著的書稿，字字端正，正是快寫完的《說文解字》。「也許，有字妖不想讓他寫完這本書——」

「等等，」苞苞俠打斷我，吸吸鼻子，「我聞到一股奇特的氣息，字妖剛走不久！」

「你能倒帶影像嗎？」

「我試試！」苞苞俠披風一揚，唸道：「倒帶，倒帶，倒回案發時刻！」

半空中出現一團模糊影像。

一個黑影閃進書房，往許慎心口一拍，奪走心神，跳窗而出。

我射出一支竹蜻蜓，準準貼上黑影後背。

影像瞬間消失！

還好，竹蜻蜓仍然在空中飛動。

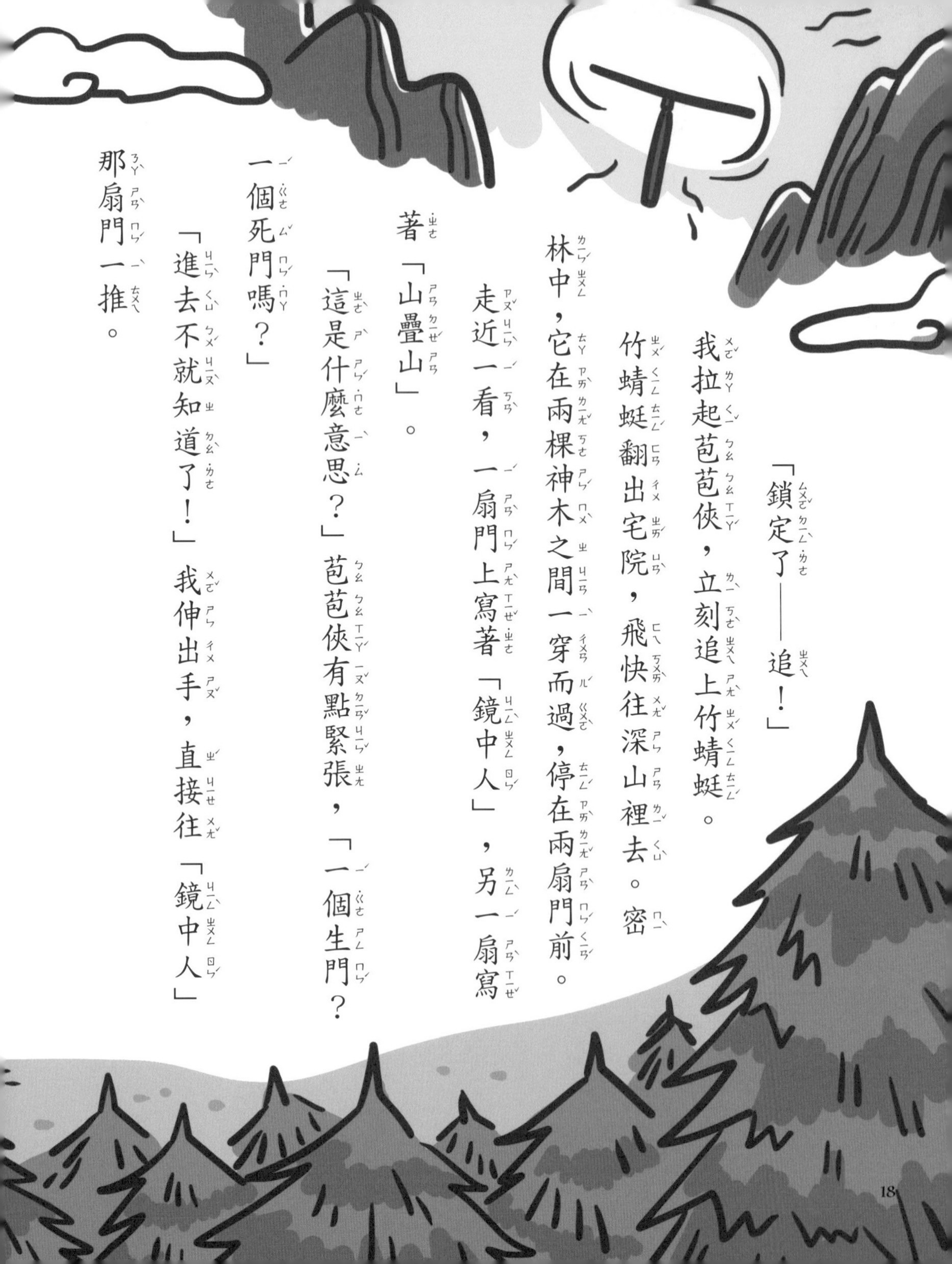

「鎖定了——追！」

我拉起芭芭俠，立刻追上竹蜻蜓。

竹蜻蜓翻出宅院，飛快往深山裡去。密林中，它在兩棵神木之間一穿而過，停在兩扇門前。

走近一看，一扇門上寫著「鏡中人」，另一扇寫著「山疊山」。

「這是什麼意思？」芭芭俠有點緊張，「一個生門？一個死門嗎？」

「進去不就知道了！」我伸出手，直接往「鏡中人」那扇門一推。

「啊——」苞苞俠驚叫一聲，門應聲而開。
眼前出現一個奇怪的世界。
一個框框世界。

3 框框世界

天上的雲，一朵一朵都被框住。

地上的樹，一棵一棵都被框住。

連陸上的動物、河裡的游魚，樣樣事物

都被罩上一個方框框。

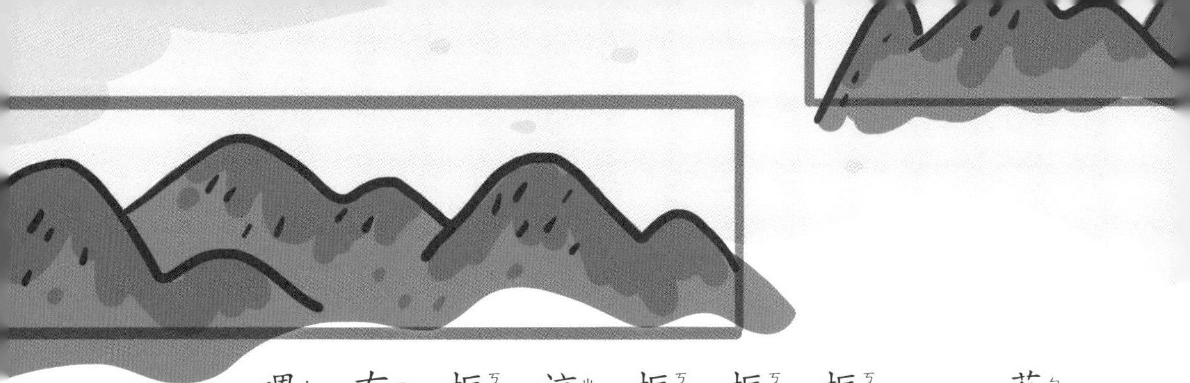

苞苞俠看傻了眼，忍不住唱起歌：

「框框草，框框樹，
框框山上框框雲。
框框兔，框框羊，
框框狐狸框框鹿，
這也框框，那也框框。
框框世界外——
有沒有一個更大框框？」

嗯，我也很好奇：這世界會不會
也被一個大框框罩住？

「哈囉！」芭芭俠抱起一隻框框兔，「你罩著一個框框不會不舒服嗎？」

框框兔正想點頭，忽然嚇一跳，一下子蹦開，逃得老遠。

「哈，又有漏網之魚！」一個框框人急速朝我們逼進。

「你是誰？」芭芭俠問。

框框人不答，左右手一拋，朝我們擲來兩個框框。

我急忙跳開，正擔心苞苞俠，只見他翻身飛開，身手竟然比我還輕盈！

「匡！」「匡！」兩個框框砸中後頭一棵框框樹。

「喂，老兄，你的準頭也太差了吧？」框框樹蹦起身，氣得抓起身上的兩個框框。

——竟然來追我們！

「喂喂，我是芭芭俠，不是框框俠。你別亂來！」芭芭俠腳底像裝了彈簧，一飛老高，哇哇叫著往西邊跑。

「我們分工！」我朝東邊跑，「你負責框框樹，我來對付框框人。」

框框人果然朝我追來。

拉開安全距離，我回身朝他一拱手。「在下馴字師，敢問您為何要送我框框？」

框框人一聽更氣。「馴字師？哼，那你更該嘗一嘗被框住的痛苦！」說著，一個框框又朝我擲來。

我彎身躲過。「被框著很難受嗎？」

又一個框框猛力砸來。

「好啦！我知道很難受。」我輕巧閃身。「只是，怎麼個難受法？你說說看嘛！」

回答我的，是一連串飛過來的框框。

每一個框框都方方正正，看著就像一個「口」字。

「這麼有勁？」我拿出倉頡筆，迅速朝每個框框中寫了一個「口」字。

口加口等於回。

「回！」所有框框都變成回字，一一回頭砸向框框人。

口+口=回

「可惡！」框框人大怒，胸膛一挺，震開所有回字。

「強！」我拍拍手，「你的框框硬得像銅牆鐵壁！」

「就是像銅牆鐵壁我才生氣！」框框人大吼：「我要把全世界都關起來——尤其是你！讓你們嘗嘗被框框起來是什麼滋味！」

又一個框框擊來。來得好快！快得看不清楚。

還沒來得及眨眼睛，我就被框框罩住，變成了框框人。

4 框框人的抉擇

「哈！罩住你了！」框框人好得意，「現在，你知道被銅牆鐵壁罩住有多痛苦了吧！」

「銅牆鐵壁？有嗎？」我笑一笑，摸摸框框。「我倒覺得它像是一個神奇電梯。」

我朝框框人一指：「天地乾坤，字靈現身——合！」

「哈哈哈！什麼魔法？根本不痛不癢。」框框人大笑。

「沒事，我只是讓我們彼此連線。」我朝他眨眨眼，「準備好了嗎？神奇電梯要啟動嘍！」

我們兩人身上的框框一下子連線起來，同時變成了電梯。

「按幾樓好呢？六樓吧！」我玩起電梯按鈕，「哈，框框變成巨人的大嘴巴，唔，好臭！換五樓，按——變小房間，還是嬰兒房！按四樓看看——哇，是水井！咕嚕嚕……趕快按三樓，耶，是魔衣櫥！」

框框不斷變換形象，框框人的表情也跟著變來變去，好像很驚訝。

「二樓！」我一按。

框框變成了大箱子，還不透氣。

「嗯，的確很不好受。」我說：「不過別忘了，還有一樓喔！你要不要按按看？」

框框人不屑的悶吼了幾聲。然後，他伸出手，按下一樓。

「叮咚——」

電梯門打開，我走了出來。

「電梯開了，」我朝他招招手，「出來吧！」

「我……我可以走出去？」框框人不敢相信。

「當然。」我再次彎腰邀請。

框框人往外一走。

「我……我自由了？」框框人激動得伸手伸腳。

「雖然您是囚字妖，」我拍拍他的肩膀，「但只要願意，您隨時可以走出來！」

一串腳步聲響起。

「救命啊！」苞苞俠朝我大叫：「我都繞地球一圈了，這棵魔鬼樹還緊追不放！」

我一個翻身，擋住框框樹。「困字妖，您也可以從框框裡出來喔。」

我依樣重來，讓困字妖也走出了電梯。

「啊——」框框樹驚呼一聲，變回一棵歡喜的大樹。

「然後呢？」我看向他們。

一人一樹同時望向四周，微笑的伸出雙手，喃喃唸動咒語。

咻——所有框框同時消失。眼前，又是一個活潑的世界。

「好棒！」我拿出拍立得，「兩位可以靠近一點嗎？我幫您們拍張照。」

一人一樹不好意思的挪挪腳，靠在一起。

「喀嚓！」很美的照片，很美的姿勢。

人加木等於休。

人與樹都好放鬆。

先前逃跑的兔子跳回來，開心的窩在樹下休息。

「又有兩道門！」芭芭俠指向遠方。

「再見！」我揮揮手，飛身向門。

「又寫著『鏡中人』和『山疊山』！」芭芭俠盯著門，「要選『山疊山』嗎？」

「不，」我推開『鏡中人』的門，大步走進。

5 又小又大的世界

「哇，這是大人國嗎？」苞苞俠大叫一聲，拔腿就逃。

我也跟著跑。

後頭，一隻螳螂揮著鐮刀追來。

小螳螂沒什麼好怕，三樓高的螳螂可嚇死人！

螳螂的鐮刀揮揮揮！我們趕緊跳跳跳。

「喂喂，你別太過分！」苞苞俠身輕如燕，輕功竟然比我還好。

「我昨天沒洗澡，臭臭的不好吃。」

偏偏，大螳螂好像就愛吃臭東西，轉向苞苞俠，雙腳一躍——

一道藍光射來，「咻——」

半空中的大螳螂忽然變小，直直落到苞苞俠的掌心。

「嘿，你這小傢伙！」苞苞俠瞪著掌心裡的小螳螂。

小螳螂低下頭，合起兩隻前腳，好像在求饒。

「算了，你好好回家吧！」苞苞俠把牠拋向草叢。

又一道紅光射來，「咻——！」

小螳螂又變回大螳螂，一轉身，又惡狠狠的撲過來。

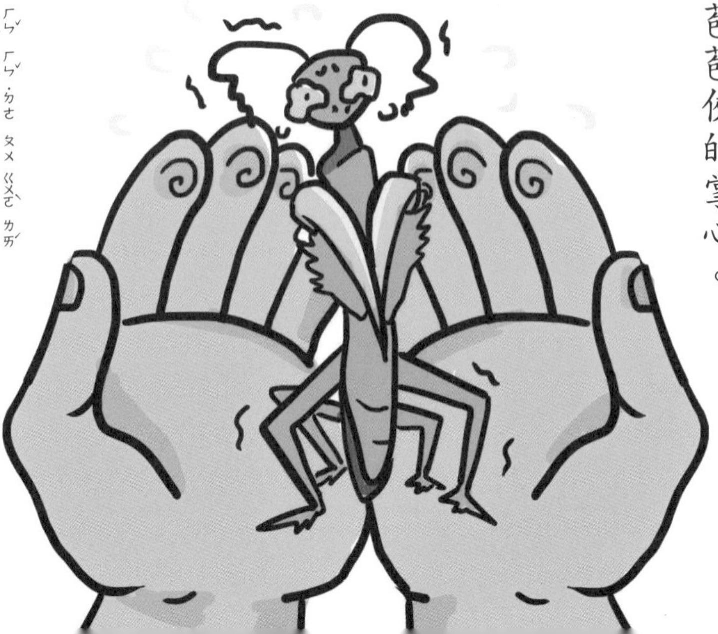

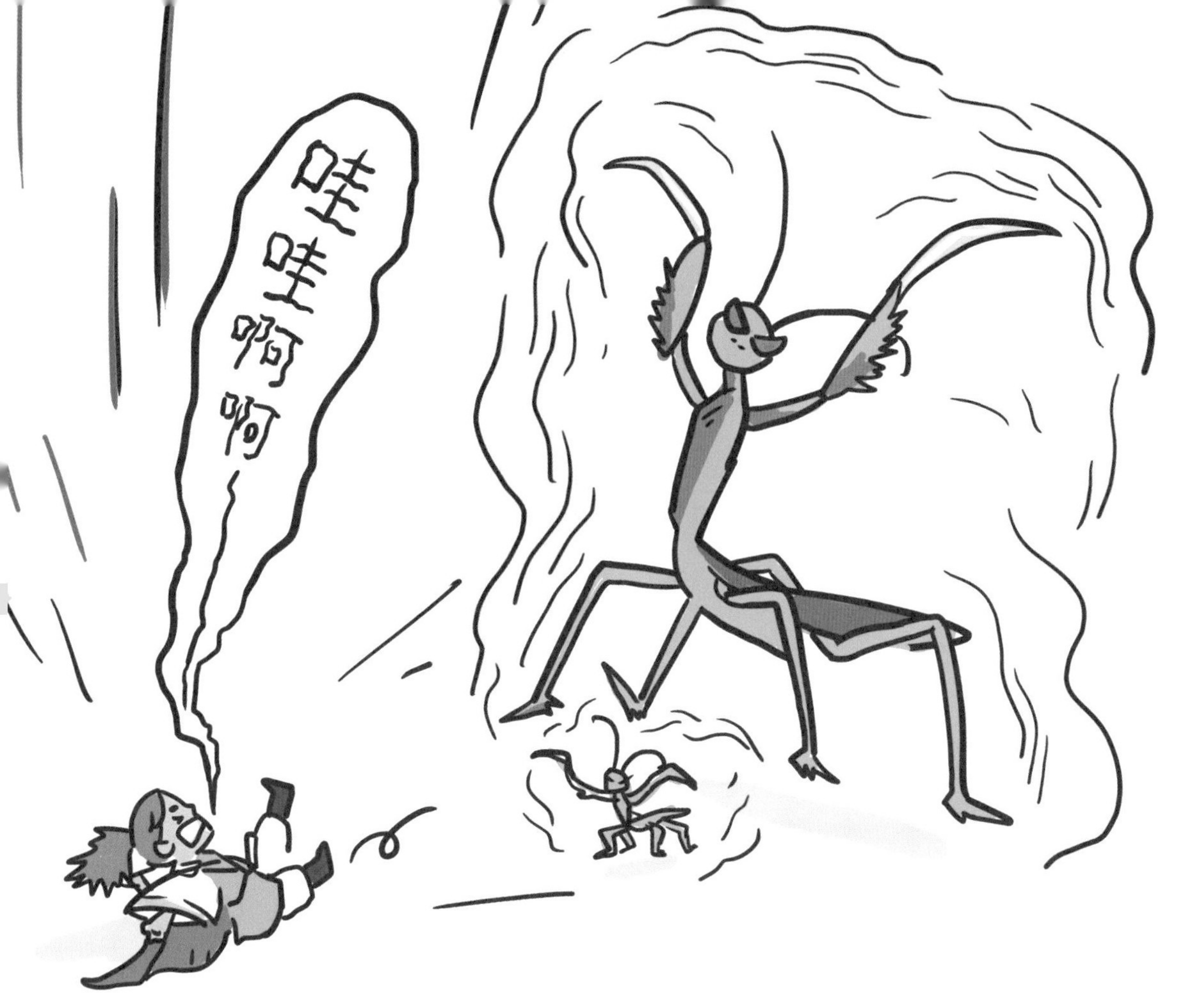

「哇！」苞苞俠又開始逃，「怎麼一下變小，一下變大啊？」

我打量四周。藍光會縮小，紅光會變大——難道有兩個字妖？

忽然，一道藍光射來。

我翻身躲過，背後一棵大樹瞬間被縮小。

又一道紅光！差點擊中我的腳。腳跟邊，冒出一隻巨無霸螞蟻。我慌忙一個彈跳，避到山石後頭。

紅光、藍光同時射向苞苞俠。「哎呀！」苞苞俠一下頭大身體小，往前摔倒。摔倒前，他的披風忽然揚起，一陣風把他袖子裡兩個小東西吹到我眼前。

我伸手接住，又兩道光射來，我連忙飛身躲開。

「哪裡逃？」一個細細的聲音大笑：「看我把你變小！」

「變小？哼，是要變大！」又一個粗粗的聲音說。

一紅、一藍兩道光同時射來。

我翻開手掌，見是兩個小銅鏡，立刻把兩道光反射出去。紅光照向苞苞俠身體，藍光射向苞苞俠的頭。苞苞俠瞬間恢復正常。

「接著！」我把銅鏡丟還給苞苞俠，他一接住立刻往前衝。「臭字妖！壞字妖！害我變大頭鬼！來來來，有種再來！」

紅光、藍光接連射出。

「我擋！我擋！」苞苞俠像跳舞一樣，把光反射向四面八方。

動物紛紛恢復正常，歡快的跑開。

「臭小子，敢破壞我的好事！」兩個字妖同時破空而出。

「大字妖？小字妖？」苞苞俠說：「原來是你們在搞鬼！」

我想到《說文解字》書上那些被動了手腳的字，心中一亮，上前拱手說道：「尖字妖您好！您怎麼分身了呢？」

6 你大我小？

大字妖生氣的說：「我是大，怎能讓小騎在我的頭上？」

「哼，誰想跟你一國？」小字妖扮了個鬼臉，「世界小小小才可愛！」說著一揚手射出藍光，把樹變小，把山變小，把雲變小。

大字妖連忙射出紅光，把雲變大，把山變大，把樹變大。

藍光、紅光四下亂射，眼前世界一下變大，一下縮小，看得人眼花撩亂。

「停停停！」芭芭俠手中的銅鏡像被一股看不見的風吹動，把藍光、紅光反照回去——大字妖一下變得超級大，小字妖變得超級小。

「哇——」大字妖的頭都頂到雲了，「我是大，但沒必要這麼大吧？」

小字妖更不開心，跳了半天還沒螳螂高。「我是小，小成這樣也太誇張！」

「兩位息怒！」我連忙上前拱手，「現下，兩位要恢復正常，還請互相幫忙一下。」

大字妖哼了一聲，「我怎麼知道那小子不會耍詐？」

小字妖瞪回去，「我個兒小，小人可不是我。」

「這樣吧，我說一二三，兩位同時朝對方射出光束。如何？」我提議。

兩個字妖同時點頭。

「一二——三！」

兩道光同時射出，「咻——」

「咻——」兩個字妖又恢復原來大小。

「很好，兩位都是君子。」我拍拍手，「以往，都是小在上，大在下。現在，兩位不妨互換一下。大在上，小在下。如何？」

「這倒新鮮！」小字妖說。

「早該如此！」大字妖很開心。

我雙手結印，「天地乾坤，字靈現身——變！」

大在上，小在下。

「哇哇哇！」大字妖在上頭哇哇叫，「你的尖腦袋刺得我好疼啊！」

「哎喲——你好重！」小在下面也唉唉叫，撐不住，一下摔倒。

「哈哈！大頭鬼，吃泥土！」苞苞俠大笑：「頭重腳輕，跟我剛剛一樣。」

我又唸起神咒，讓他們互換回來。

尖字妖重新出現！

「呼——這樣舒服多了。」小字妖在上頭說：「謝謝你，大字妖，原來你才是真正的大力士！」

大字妖嘟嘟嘴，撐得更賣力。「算你有禮貌，不跟你計較了。」

「兩位如此搭配堪稱完美！」我用

倉頡筆畫出一個金字塔，「人類七大奇蹟之一的金字塔，正是上小下大的造型呢。」

尖字妖一聽，眼睛閃閃發亮，好像縮小版的金字塔。

「咦，又有兩扇門！」芭芭俠朝前一指。

「嘿，幕後搞鬼的字妖又在向我們招手了。」我拱手而別。

芭芭俠輕輕一躍便跑在前頭。「我知道！要推開『鏡中人』那扇門。」

7 疊羅漢世界

「哇，我聞到了！」苞苞俠大喊。

「聞到字妖了？」我問。

「不，不是字妖。」苞苞俠捏起鼻子。「是羊羶味！」

「在哪？」眼前，我只瞧見三顆疊在一起的大石頭。

忽然，大石頭後面冒出三對羊角。

「石頭長角？」我呵呵笑，上前拱拱手。「羴字妖！何必這樣躲躲藏藏？」

「誰躲躲藏藏了？咩！」犇字妖探出頭，一頂，把三顆大石頭頂飛，砸向我們。我翻身躲開，苞苞俠翻飛得更快。

「羴字妖，是不是你偷走許慎老師的——哎喲！」苞苞俠話還沒說完，被三顆轉回頭的石頭一下子撞飛。

好險，半空中好像有風托住他，才沒摔成狗吃屎。

「臭石頭！」苞苞俠氣壞了，一落地立刻想踢飛它們。

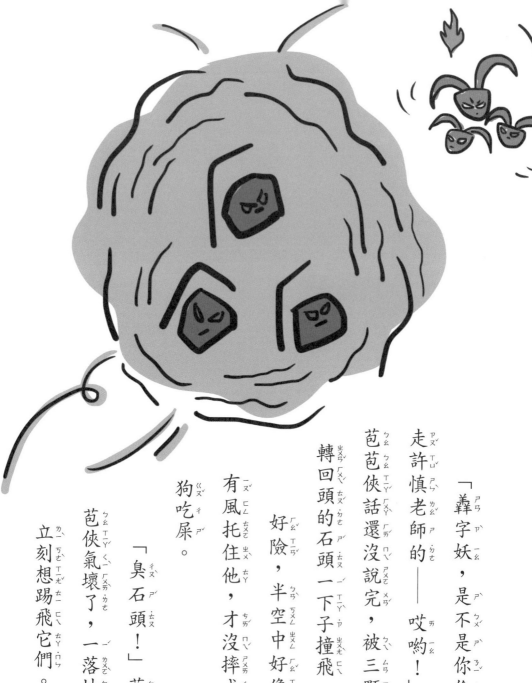

三顆石頭跳開來，又疊在一起。

「磊字妖！您怎麼也不安分？」我拱拱手問。

磊字妖不回話，卻像連環砲一樣飛來。我連忙抓起地上一根粗樹枝，像打棒球一樣，「咻！」「咻！」「咻！」將它們一一擊出。看那飛出去的角度，耶，球球全壘打！

「好臂力！」一個聲音響起。一回頭，是三個金字疊在一起的字妖。

「鑫字妖！您也來了？」我拱拱手。

「哇，你是貨真價實的金字塔！」苞苞俠忍不住讚歎。

「還有我！」胖胖的麤字妖從地底冒出來。

「吾來也！」鱻字妖破空而出。

「我也來了！」犇字妖從遠處狂奔而來。

連一旁的大樹後頭也跳出一個森字妖。

「乖乖，你們都是疊羅漢的字妖！」芭芭俠哇哇叫：「現在是要舉行啦啦隊大賽嗎？」

「臭小子，是比賽誰先把你們解決掉！」羴字妖大叫一聲衝過來，其他字妖同時出手，一下子把我們圍在正中央。

「哇哇哇，不公平，多欺少，不害臊？」芭芭俠掏袖子想找武器，匆忙中只掏出一根「愛的小手」。「喂喂喂，誰過來，我就打誰屁股！」

我雙手結印，環視字妖，想著：是要把犇字妖和鱻字妖拆開來、合成三個鮮？還是用倉頡筆把麤字妖加上土變成三個塵……還沒想好，字妖們已經跳起身，半空中攻來。

「看招！」鑫字妖大喊一聲，三道金光同時打來——

8 孫子風來也！

三道金光忽然失去準頭，四散飛落。

「哈，你沒吃早餐！」芭芭俠笑他。

鑫字妖正想開罵，怒氣騰騰的表情卻一下子僵住。只見他全身抖抖抖，好像拚命要忍住什麼似的……

其他字妖也表情怪異的停在半空中，張大的嘴巴歪來扭去，眉頭又糾又跳……

鑫字妖第一個忍不住，

「哈——哈——哈哈哈……」

笑聲好像會傳染，其他字妖也忍不住，紛紛笑出聲。

「好癢！好癢！嘻嘻……

癢！癢！癢……」

羴字妖第一個掉下來，變成三隻羊，在地上翻來滾去，笑個不停。

「停停停——癢癢癢——哈哈……停……停……」麤字妖也跌下來，變成三隻笑不停的鹿。

不一會兒，地上笑聲一片，三條魚、三頭牛、三隻鹿、三棵樹全仰

著身、笑啊笑，抖來抖去。

芭芭俠看傻了。

「孫子風！」我看著吹來吹去，迅速來回的一縷風，「謝謝你！」

「我叫咕嘰咕嘰風！」孫子風糾正我，又繼續對字妖搔癢，「咕嘰咕嘰！咕嘰咕嘰……」

字妖們各個像仰趴的毛毛蟲，縮手縮腳，笑來翻去。「好癢！好癢……嘻嘻，停停——好癢！好癢！」

「咦，你是怎麼來的？」芭芭俠問。

「躲在你的披風裡跟過來的呀！」咕嘰咕嘰風手腳不停，字妖們都笑成了小嬰兒。

「原來是你！怪不得我變成了輕功高手！」芭芭俠恍然大悟，「你要不要跟著我，當我的專屬風？」

芭

「太晚嘍！」咕嘰咕嘰風扮了一個鬼臉，「我已經應徵到別的工作，要去妖怪小學上班了。哼，誰叫你說我太小，看不起我。我只是來告訴你，我一點兒也不小！」

「失禮！失禮！」我連忙拱手賠禮。

「看，那兩道門又出現了！」咕嘰咕嘰風指著遠方，「這裡交給

我，你們快走吧。待會兒我也要回家了，再見！」

「好，感謝。告辭！」我拱拱手。

「又是兩扇門？」苞苞俠第一個往前衝，「不用說，選『鏡中人』，對吧！」

9 春天世界？

沒有了咕嘰咕嘰風，苞苞俠不再是輕功高手。

不過，他的心情很好。

因為眼前的風景很美！山青水綠，一片春天景象，還有泉水從山岩之間流下來。苞苞俠邊走邊唱歌：

「山石岩，高上天。

白水泉，清又寬。

嘻嘻！看到魚羊鮮，

真想配碗麵，吃得滿嘴舌甘甜！」

「你真好興致！」我笑他。

「找不到字妖，總不能讓他在背後偷偷笑！」苞苞俠吹起口哨，「這次出任務，我要把它當作遠足。」

「好想法！」我也吹起口哨，慢慢走，欣賞起風景來。

風景被我們這樣悠哉悠哉的欣賞，好像很不高興。

河水忽然波動起來，
上上下下，跳起了波浪舞，
越晃越大。

「小心，有變化！」我說。

「嘩啦！」一聲，河水中湧出一對手牽手的字妖。

「忐忑妖！」我嚇一跳。

「怎麼啦？看到我們，開始覺得忐忑不安了？」忐忑妖同聲說道。

芭芭俠盯著忐忑妖身上的兩顆心，「啊，是你們偷走許老師的心神！」

「嘻嘻，你的心開始亂了喲！」忐忑妖對芭芭俠說：「很好，就讓它再亂一點吧！」說完他們跳起上上下下舞，手腳之間震出一股令人難受的氣流。

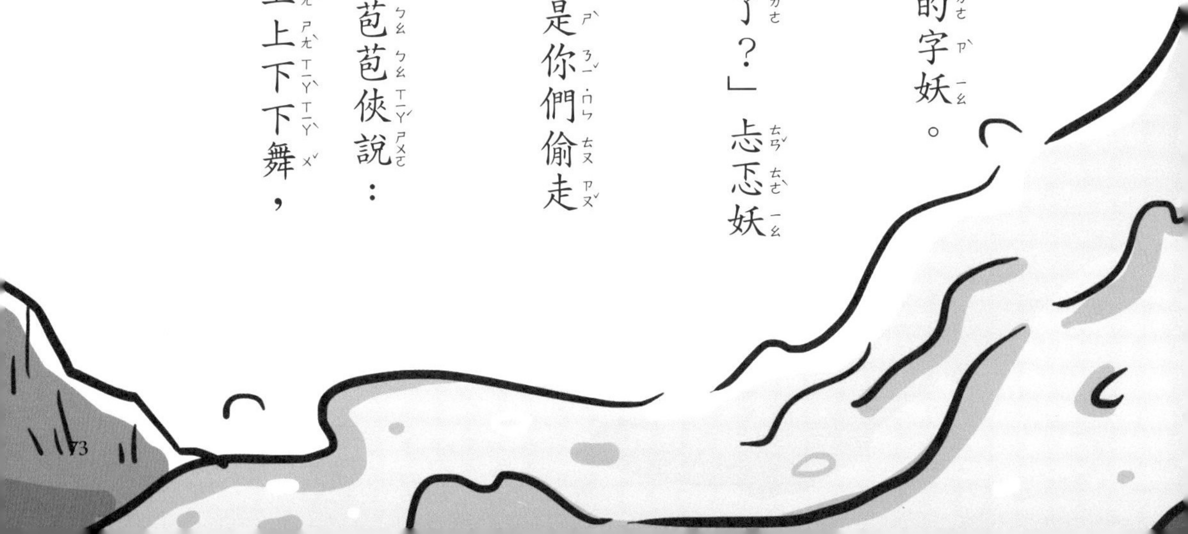

勁道好強！我的心被吹得一會兒上，一會兒下。

「哇，我有做錯事嗎？」芭芭俠摸摸胸口，「怎麼心臟一直噗通噗通跳？」

忐忑妖好得意。「再升一級如何？」

上上下下的氣流更強烈了！

「哇，我的心要跳出來啦！」苞苞俠緊緊壓住胸口，「你們就是這樣偷走許老師的心神？」

「是又如何？怕了嗎？」忐忑妖說：「想再升一級嗎？免費的喲！」

苞苞俠猛吐舌頭，「呸呸，你們休想偷走我的心！」

「好啦，玩夠了嗎？」我看向忐忑妖。

「兩位很愛鬧喔，可以把您們的幕後老板請出來了嗎？」

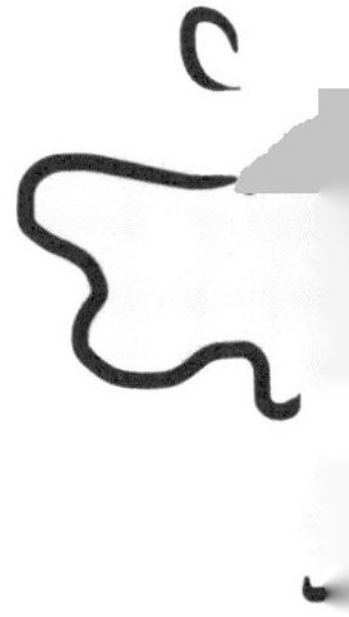

「什麼老板？」忐忑妖轉向我，「嘻，你的心挺漂亮的，想不想讓它搬家？」

「不好意思，該搬家的是您們喔。」我雙手結印，「天地乾坤，字靈現身——分！」

忐忑妖瞬間被我折解成：上、心、下、心。

神咒再起，我把上與下合成卡字。

雙手一指，我把卡字移到河中央，河水瞬間被卡住。

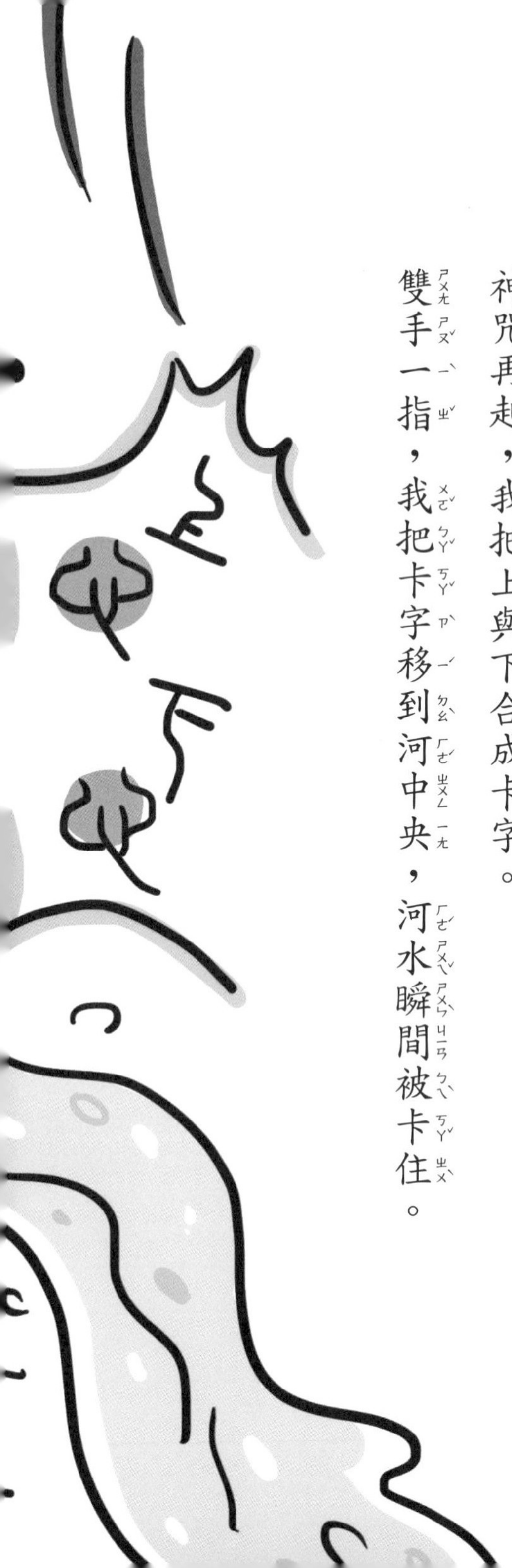

「麻煩您們暫時當一下水壩！在這裡調節水量。」

一陣風來。

「咕嘰咕嘰風！」芭芭俠大叫：「你怎麼又回來了？」

「有什麼辦法？」咕嘰咕嘰風嘟起嘴，「我轉了半天都離不開這裡，出不去。」

「出不去？」我摳摳鼻子，「這可有趣了。」

「那兩顆心，哪一顆是許老師的？」

芭芭俠指著被我定在空中的兩顆心。

「哪一顆呢？上面的？還是下面的？」我看著他們，笑一笑，把他們收進字瓶。「可惜，都不是。」

「咦，那是什麼？」咕嘰咕嘰風四下亂竄，停在河中央。

河水被卡住，下游露出一塊被壓在河底的巨石碑，上頭刻了好大一個字。

「愁？」芭芭俠愣住了，「愁字碑？」

「一江春水洗愁心？」我雙手一拍，「妙哉，居然藏在這裡！」

苞苞俠眼睛閃亮起來，「這是許老師的心神？被壓在河底？」

「嗯，」我點點頭，雙手結印，「天地乾坤，字靈現身——分！」

石碑上巨大的愁字，一下子飛上半空，分成秋與心。

我把心字仔細收入寶囊。

半空中的秋字一下子飄散開來。

山樹瞬間紅黃一片，秋氣襲來，原本的春天景象變成了深秋楓紅的季節。

「哈啾！」苞苞俠問：「是字妖現身了嗎？」

「他早就現身了！」我笑笑說，「只是我們之前一直沒有發現。」

「在哪裡？」芭芭俠比出手刀。

「想知道？」我指指前面，「首先，我們得先離開這裡。」

芭芭俠順著我的手勢看過去，「咦，又是兩扇門？哈！我知道，要推開『鏡中人』那扇門。」

「不，」我搖搖頭，「這一回，我們要推開『山疊山』那扇門。」

10 另一種可能

門外又是兩棵神木。

「咦，我們怎麼回到了第一道門外？」

芭芭俠好驚訝。

「當然，因為我們走出了門。」我回過頭，果然，那兩扇門還在。

我從字瓶裡取出兩個心字，一揚手，分別射進兩扇門。「天地乾坤，字靈現身——變！」

門加心等於悶。

兩扇門開始顫動，剛開始還輕輕顫，接著越震越大，終於，震出一聲大吼：「悶死啦！」

「轟！」「轟！」兩聲，兩扇門把心字都震還給我。我一旋身，把他們收回字瓶。

「該現身了吧？」我拱拱手，「鬧字妖！」

「哈哈哈！」兩道門一下子重疊起來，「你終於想到我了！」

「咦，這是什麼字？」咕嘰咕嘰風問。

苞苞俠抓抓頭。「我也不認得。」

鬧字妖的臉色漲得血紅。「你們都不認識我？可惡！」

「這麼凶？」苞苞俠嘟起嘴巴瞎猜：「兩道門？是監獄大門嗎？」

「還是貓咪門加小狗門？」咕嘰咕嘰風也猜起來。

閄字妖射出兩道光，光束一夾——

「哎呀！」苞苞俠痛得哇哇叫，「簡直像被門夾到！咕嘰咕嘰風——」

咕嘰咕嘰風立刻鑽回苞苞俠的披風，這下，苞苞俠又變成輕功俠，接連幾道光都夾不到他。

「有趣！有趣。」我拍拍手。

「你笑什麼？」閄字妖轉身瞪我。

「閰，同褒字，褒揚，讚美也！」我笑笑說：「您是一個大好字，怎麼做起了流氓事？」

「哦，你認得我？」閰字妖停下來，「那你——知道我為什麼跟門有關？」

我搖搖頭。「這倒不知。」

「哼！許慎也不知道。」閰字妖很生氣，「不知道，還寫什麼字書？」

「沒人認得你，你就不讓許老師寫字書？」苞苞俠對他吐舌頭。「小氣鬼！還把許老師的心神壓在河底沖涼水！」

「哼！怎樣？想抓我？來啊！」闇字妖擺開架式。

我沒出手，只是望著眼前落葉飄飄的秋天景象，悠悠唸出了兩句詞：「何處合成愁？離人心上秋。」

闇字妖一愣，僵在原地。

「您是字典裡的離人，離開了文字家族，沒人認得，沒人使用。這悲愁和憤怒，我懂。」我拾起地上的一片小楓葉，「這片落葉再也回不到樹上了。不過，把它夾進書裡，卻是很美麗的書籤喔！」

閒字妖靜了下來。

「你想說什麼？」

「您的字形如此特別，本身就是一個很棒的創意。」我看著他，「我想未來一定會有創作者由您得到靈感，創作出令人驚豔的作品。」

「真的？」⿵門門字妖的眼神充滿期盼。

「一定。」我點點頭，「您不是已經示範了一個嗎？您布下的這個『門中門』世界就好玄奇！如果我們沒有及時醒悟一直往門裡走，大概只會越陷越深吧？」

「那當然！」⿵門門字妖好得意，「還會讓你們出不來！」

「門裡的世界都是你設計的？」

芭芭俠瞪大眼睛，「好厲害喔！」

「回頭看，這真是一個好故事！」我朝鬧字妖拱拱手，「您如此特別，字典裡回不去，我可以把您送進創意世界嗎？」

鬧字妖沒說話，眼神卻晶亮起來。

「天地乾坤，字靈現身——變！」

鬧字妖瞬間消失。

「咦，你把他變去哪裡了？」芭芭俠問。

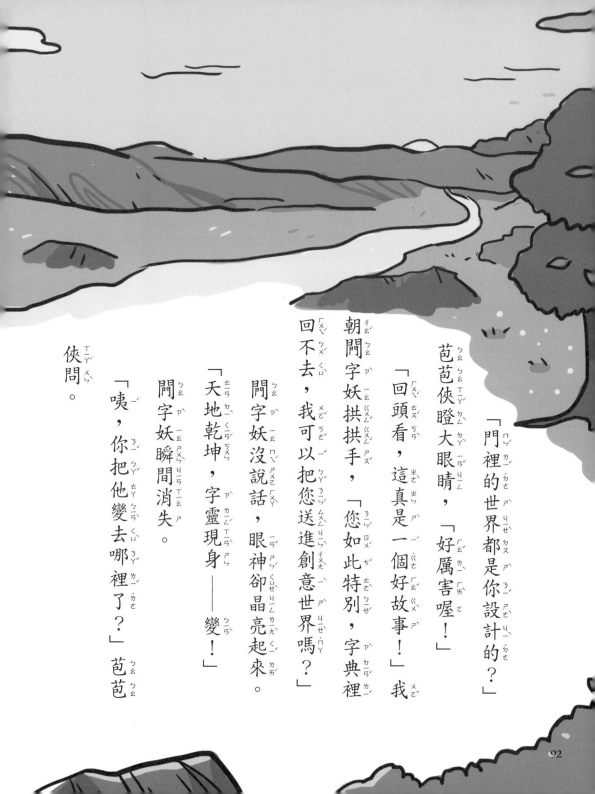

「靈感資料庫。」我說：「未來，只要有創作者伸出靈感天線，便能找到他。」

「哇，真好奇未來的創作者會由閅字創作出什麼樣的作品？故事？雕塑？還是繪畫？」

嗯，我也很好奇。那可是一個最美麗的謎呢！

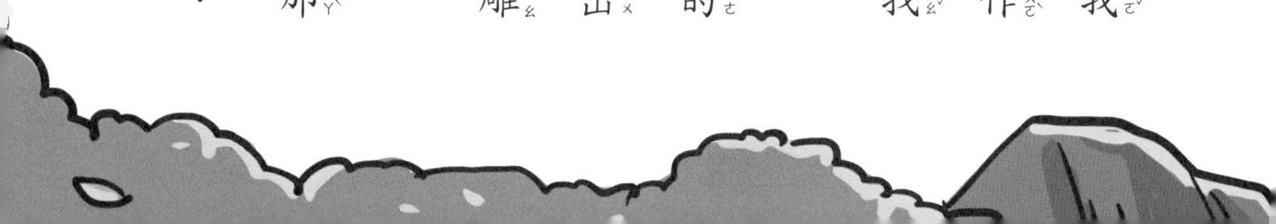

馴字齋人物寶典

許慎

我是東漢人，編寫出中國第一本字典《說文解字》。書中，我首創了「部首」分類法，收錄漢字九千三百五十三字，詳細解釋了字義、造字原理和字音。字形以小篆為主，也收錄了一些古文字。感謝馴字師救回我的心神，讓我可以專心完成這一本字典。

馴字師破案筆記

這次案件的苦主是⿵門門，一個沒人使用的字。字跟人一樣，都怕被遺棄。其實，許多沒人使用的字，字形都充滿了奇想。⿵門門的「門中門」設計就讓我好驚歎！我已經跨時空飛鴿傳書，請清朝人把它收進《康熙字典》。未來，一定有創作者看到它會想出全新的創作。這次很幸運！尋回了許慎的心神，又幫⿵門門字妖找到心的歸向。圓滿，結案！

苞苞俠不懂筆記

1

這次歷險，前幾次都從「鏡中人」的門進去，最後一次卻要推開「山疊山」的門。為什麼？

2

尖，下面大、上面小，一看就有尖尖的感覺！是樹木被關起來，是人被關起來，一看就懂。馴字師給我出了一道連連看，嘿，這會難倒誰呢？

焚

竄

鳴

吠

歪

鮮

3

疊羅漢字好有趣，森是森林，我知道。
其他字就好難猜！趕緊筆記下來：

鱻 = 鮮，很新鮮

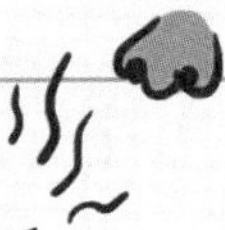

羴 = 羶，羊羶味

鑫 = 錢很多、興盛的意思

犇 = 奔，奔跑

這一定是野牛群！

麤 = 粗

咦，三隻鹿很胖嗎？

磊 = 石頭疊在一起，表示高大

4

還有哪些字，也愛疊羅漢？

蟲

虫虫大會？怕怕！

轟

這是機械式停車場嗎？

品

三張嘴，畫面好詭異！

晶

三顆太陽？也太亮了吧？

走，我們去看未來有沒有人為「門」創造出新意？
哦耶，穿越時空嘍！
哇，這是什麼？
剛蓋好的大樓。還沒人住，我們進去瞧一瞧。
門神，麻煩開個門！
你找哪一個門神？
嘎，門神有很多嗎？
當然！
吾乃旋轉門門神！
我是棟別門門神！
我是電梯門神！
我是住戶門神！
哇！真的好多！
有請眾門神一一開門。

走進門，又有門！
旋轉門2個、棟別門5個、電梯門10個、住戶門361個。
門神供不應求，連我們都來幫忙！
大樓裡都是「門中門」，原來建築師都是⿵門門字妖的信徒！
YA、
太感動了！真的有人喜歡我！嗚——我愛大樓！
門